TE ME MORISTE

Colección Micra

José Luís Peixoto

Te me moriste

Traducción de Antonio Sáez Delgado

editorial minúscula
BARCELONA

Título original: *Morreste-me*

By arrangement with Literarische Agentur Mertin Inh. Nicole Witt e. K., Frankfurt am Main, Germany.

Revisión: Marta Hernández

Sociedad unipersonal
Av. República Argentina, 163
08023 Barcelona
minuscula@editorialminuscula.com
www.editorialminuscula.com

Primera edición: mayo de 2017
Primera reimpresión: junio de 2020

Diseño gráfico: Pepe Far
Imagen de la cubierta: © Pepe Far, a partir de una ilustración
© Creative Commons Attribution

Preimpresión: Addenda, Pau Claris, 92, 08010 Barcelona
Impresión: Romanyà Valls

ISBN: 978-84-946754-2-3
Depósito legal: B-12.188-2017

Printed in Spain

En memoria de José João Serrano Peixoto

Hoy he regresado a esta tierra ahora cruel. Nuestra tierra, padre. Y todo como si continuase. Ante mí, las calles barridas, el sol ennegrecido de luz limpiando las casas, blanqueando la cal; y el tiempo entristecido, el tiempo parado, el tiempo entristecido y mucho más triste que cuando tus ojos, claros de niebla y marejada lejana fresca, devoraban esta luz ahora cruel, cuando tus ojos hablaban alto y el mundo no quería ser más que existir. Y, sin embargo, todo como si continuase. El silencio fluvial, la vida cruel por ser vida. Como en el hospital. Decía nunca te olvidaré, y hoy lo recuerdo. Rostros que se vuelven desconocidos, desfigurados en mi certeza de perderte, en mi desesperación desesperación. Como en el hospital. No creo que puedas haberlo olvidado. Mientras esperaba a mi madre y mi hermana, las personas pasaban ante mí como si el dolor que me llenaba no fuese oceánico y no las abarcase también. Las mujeres hablaban, los hombres fumaban cigarros. Como yo, esperaban; no a la muerte, a la que nosotros, seres incautos, cerramos siempre los ojos en la esperanza pálida de que, si no la vemos, ella no nos verá. Esperaban. En un coche demasiado veloz, mi madre, encorvada al perder lo que tenía, y mi hermana. Los hombres y las mujeres todavía hablaban y fumaban cuando subimos. En la habitación, en una cama cualquiera que no la tuya, tu cuerpo, padre. Quizá lejano, preso en una mirada entreabierta y amarillenta, respirabas sofocado. El aire con el que luchabas, luchabas siempre, gritaba ronco su camino. Por la nariz entraba el tubo que te sostenía. A los pies de la cama, mi madre callada, viuda de todo. En la cabecera, mi hermana, yo. Cortinas de plástico, biombos de baño nos separaban de las otras camas. Puse mis manos en tus hombros débiles. Toda la fuerza había desfallecido en tus brazos, en la piel aún piel viva. Y te mentí. Dije aquello en lo que no creía. A la mirada amarilla, sofocada, le dije que todo lo serías y lo seríamos de nuevo. Y te mentí. Dije vamos a volver a casa, padre; vamos que yo llevo la camioneta, padre; solo mientras no puedas, padre; venga, ahora estás débil pero después, padre, después, padre. Te mentí. Y tú, sincero, pronunciando solo una mirada suplicante, una mirada que nunca podré olvidar. Padre. A la hora, nos mandaron salir. Cuando salimos, agarrados como náufragos, la luz abundante nos bebía.

Y esta tarde, y esta tierra ahora cruel. En nuestra calle, nuestra casa. La puerta del patio parada ante mí, cerrada, desafiante. Decía nunca te olvidaré, y esta tarde lo he recordado. Con tus movimientos, he sacado del bolsillo tu juego de llaves y, como acostumbrabas, he puesto todo el cuidado en escoger la llave exacta, examinando cada una, enorgulleciéndome de cada una. Y, en la cerradura, el triunfo. Las cosas sucediendo como debe ser. El óxido, las bisagras soltaron un grito como un suspiro o un estertor. El aluminio al ras del mármol se arrastró, barrió una figura verdadera y blanca en la gruesa manta de hojas de melocotonero. Abandonado sobre la gran extensión de un invierno, el patio de cuando yo era pequeño, el patio que construiste, padre. Tristes tristes flores nuevas y hojas nuevas en las ramas de los árboles, bancales pintados con malvas, tréboles, hierbas verdes, verdes de cuando yo era pequeño y tú llegabas y me enseñabas trabajos de mayor. Céntrate, chico. Me centro, padre. No te preocupes. Yo también sé, yo también soy capaz. Me centro, padre, no te enfades. El trabajo no me da miedo. Estate tranquilo, padre. Flores nuevas y hojas nuevas en las ramas de los árboles, bancales pintados de malva, tréboles, hierbas verdes, verdes de esta primavera triste triste.

Si pudiese te habría protegido. Me llamabas por mi nombre, me llamabas hijo, y oír mi nombre en tu voz, y oír hijo en el hilo cálido de tu voz era una emoción honda. Si pudiese te habría protegido. La esperanza, padre. Cada tres semanas, cinco mañanas seguidas te veían ir al tratamiento; yo, tu hijo, te veía ir al tratamiento y me dolía la vida, me dolía la vida que se te negaba, la vida que te consumía, aunque la amases, la vida que te derribaba, aunque la amases. El tratamiento. Hablabas de él, pronunciabas la palabra, decías voy al tratamiento y nosotros, que lo sabíamos, nos llenábamos de una amargura indeleble, definitivamente marcada grabada en nuestra piel interior. Por ti, nunca llegabas tarde. Decías voy al tratamiento, me metías prisa, metías prisa a mi madre, como si algo te pudiese curar, como si algo pudiese devolverte los días. En el hospital, la sala de espera estancada de tiempo inútil y mi madre sentada, sola, lejos de nuestra casa y de nuestros sitios, como una niña tímida, avergonzada. Tú alejándote, como el chico buscavidas que siempre quisiste que fuese, alejándote, vestido con la camisa más nueva y los pantalones más nuevos y la camiseta que te regaló mi hermana por tu cumpleaños, alejándote por los pasillos cargados de gris y encendidos con electricidad mate, alejándote, y la sensación terrible de que nunca más volverías.

He entrado en casa. Solo la chimenea fría, las ventanas cerradas formando sombras afiladas en la oscuridad. En el silencio, en la penumbra, crecen los fantasmas, ¿recuerdos? No, formas que se negaban a ser recuerdos, o quizá una mezcla de carne y luz o sombra. Y te he visto te he pensado te he recordado, a la mesa, sentado en tu sitio. Todavía sentado en tu sitio y mi madre, mi hermana y yo también sentados, rodeándote. Iguales a lo que éramos. Estábamos allí hace mucho tiempo, olvidados abandonados desde un día en que el transcurrir de las cosas se detuvo en nuestra felicidad humilde sencilla.

Como una alegría, como si hubiésemos cenado o esperásemos a cenar o el mejor banquete, estábamos. Felices. No me decían nada, pero yo, mirando, lo sabía todo, como si fuese obvio, como si no pudiese ser de otra forma. Tú, seguro, habías llegado del trabajo, y había sido un día bueno, y estabas contento, y las personas pagaban en su momento y eso era bueno. Mi hermana estaba en el instituto, y las notas eran solo sobresalientes y notables, y era lista, y sonreía por eso. Yo estaba en el primer curso de educación a distancia, y no pensaba en las notas, y había jugado al fútbol y había ganado, y si hubiese perdido era igual. Mi madre, madre verdadera de todos nosotros, nos miraba y sonreía así y sonreía por eso. Felices. Lejos de la lluvia gruesa de este invierno negro, lejos de tu cuerpo helado. Lívido en la luz temblorosa de las velas, arreglado, peinado con agua, vestido con el traje que te pusiste en la boda de mi hermana: tu cuerpo helado. Y la capilla de São Pedro llena de gente que me abrazaba, llena de gente que me decía pobrecito y te acompaño en el sentimiento y lo siento mucho, llena de gente que me buscaba y quería sujetarme y agarrarme y decir pobrecito y te acompaño en el sentimiento y lo siento mucho. Padre. Perderte. He revivido el silencio insepulto de tus labios muertos. Y las sombras de nosotros mismos, como si solo esperasen estos pensamientos para perderse, mezclarse en el negro. El polvo de las horas sin gente que las viviese ha cubierto los muebles y el espacio cerrado entre ellos. Las paredes han vuelto a separar el invierno nocturno, permanente de la casa y el ciclo alterno de los días y del mundo, ajeno a nosotros, más allá de nosotros. Conmigo, la casa estaba más vacía. El frío entraba y, dentro de mí, se solidificaba. Varias sombras de mi sombra, inmóviles, se paseaban de cuerpo en cuerpo, porque todos ellos, todos míos, eran igualmente fríos y negros. He abierto la ventana. Muy lejos del luto de mi sentimiento, de mi ser, de mi propio ser, la puesta de sol se tiende en la aurora breve solemne de nuestra casa cerrada, padre. Y he pensado si no podrían los hombres morir como mueren los días, así, con pájaros cantando sin sobresaltos y la claridad líquida cristalina en todo y el fresco suave fresco, la brisa ligera agitando las hojas pequeñas de los árboles, el mundo inerte o moviéndose tranquilo y el silencio creciendo natural natural, el silencio esperado, por fin justo, por fin digno.

Padre. La tarde se disuelve sobre la tierra, sobre nuestra casa. El cielo deshace una brisa quieta en los rostros. Se enciende la luna. Translúcida, duerme un sueño cálido en las miradas. Anochece despacio. Decía nunca te olvidaré, y me acuerdo. Anochecía despacio y, a estas horas, en esta época del año, desenrollabas la manguera con todo cuidado y, siguiendo reglas seguras, regabas los árboles y las flores del patio; y todo eso me lo enseñabas, todo eso me lo explicabas. Ven aquí a ver, chico. Y me enseñabas. Padre. Permaneces en todo. Sobrepuestos a la pena indiferente de este mundo que finge continuar, tus movimientos, el eclipse de tus gestos. Y todo esto es ahora poco para contenerte. Ahora eres el río y las orillas y el manantial; eres el día y la tarde dentro del día, y el sol dentro de la tarde; eres el mundo entero por ser su piel. Padre. No llegaste a envejecer y yo quería verte viejo, viejecito aquí en nuestro patio, regando los árboles, regando las flores. Me hacen falta tus palabras. Céntrate, chico. Sí. Me centro, padre. Y me quedo. Estoy. El atardecer, con oleadas de luz, se extiende por la tierra que te acogió y te conserva. Llora llueve brillo albor sobre mí. Y oigo el eco de tu voz, de tu voz que nunca más podré oír. Tu voz callada para siempre. Y, como si te durmieses, te veo cerrar los párpados sobre los ojos que nunca más abrirás. Tus ojos cerrados para siempre. Y, de una vez, dejas de respirar. Para siempre. Para nunca más. Padre. Todo lo que te ha sobrevivido me asalta. Padre. Nunca te olvidaré.

Es tu rostro lo que encuentro. Contra nosotros crece la mañana, el día, crece una luz delicada. Te miro a los ojos. Sí, quiero que lo sepas, no te lo puedo ocultar, aún hay una luz delicada sobre todo esto. Todo se resume en esta luz delicada que me recuerda todo el silencio de ese silencio que callaste. Padre. Quiero que lo sepas, crece una luz delicada sobre mí que soy sombra, luz delicada que me recorta de mí mismo, tenue, solo sombra. No te lo puedo ocultar, después de ti todavía existe todo esto, toda esta sombra y el silencio y la luz delicada que eres ahora.

Padre. Mi madre, yo. La madrugada. Sin interesarse por nuestro cansancio, el sol se levantó en el cielo. Y se detuvo. El sol se detuvo. Entre ella y yo dejó de haber tiempo. Se detuvo el tiempo. En mis ojos, tu mujer sin ti, tu viuda. En sus ojos, yo. Y sobre nosotros, en nosotros, tú, tu presencia, tu ausencia. Y separados por nada, las miradas firmes, una dentro de la otra y esta dentro de la primera; las dos miradas en la unidad fija de una única. Tu viuda. Me dio la llave de la camioneta, me dio las llaves de casa, me dijo ve despacio, ve con cuidado, ve despacio. Las miradas no se separaron. Los cuerpos se alejaron. Y se quedó parada en la puerta de casa de mi hermana. Cada vez más lejos, cada vez más y más, más, cada vez más lejos. Su figura negra, casi su sombra. Y sobre el cansancio, solo el luto, solo la fuerza triste adulta de su mirada. Los cuerpos se alejaron, pero el rostro de tu memoria, el mundo, nos encadenó definitivamente. Lejos, en nuestra piel, nació una brisa. El sol se elevó en el cielo.

Ahora ocupo el asiento del conductor. Recuerdo lo que me enseñaste, lo que aprendí. Íbamos por caminos de tierra que llevaban y traían a los hombres de las fincas y de los caseríos en carros y tractores y, cuando llegábamos al campo de fútbol, parabas la camioneta, nos cambiábamos de sitio, nos cruzábamos en el parabrisas; enciende el motor, y pisaba el embrague y giraba la llave y encendía el motor. Con la brisa crepuscular de los largos días de verano, íbamos despacio. Me enseñabas. Entre la risa simpática menuda de los gorriones que se echaban a volar desde los campos cribados de paja y el sueño pesado que los alcornoques proyectaban sobre la tierra, tus palabras de profesor se anteponían a mis movimientos. Con la brisa, íbamos despacio. Después, si hacía algo mal, decías que tenía la cabeza a pájaros y fingías enfadarte; yo te escuchaba callado, orgulloso porque creías que era capaz de hacerlo, distraído pero capaz de hacerlo. Me enseñabas. Serio, porque seria era la lección, me indicabas cada paso con la mirada y decías mete primera, sujeta bien el volante, ve soltando el embrague. Tus gestos, la forma de tus manos sujetando el volante, la forma de mis manos, el volante, mis gestos. Las cosas y mi yo se agitan, se trastornan. Me voy. Salgo hacia lo que queda de ti y todo son resquicios de lo que fuiste. Salgo de ti, viajo por tus caminos, corro y me pierdo y me desencuentro en tu trama, nazco, muero, salgo de ti, viajo en la oscuridad que has dejado y llego, por fin llego a ti. Padre. Junto a esta mañana, la otra vez. La primera noche que no viste. La noche sin luna, solo noche negra llenándonos a todos. Sólida, la noche grande enorme, la noche sin más que su y nuestra negrura. Espesa, la noche frenando el coche. Y la lluvia gruesa, y cortinas de lluvia, y corrientes de agua limpia en los cristales empañados del coche. El negro líquido de la noche moviéndose, despertándose en figuras redondas de agua. Y la lluvia pesada, todo el peso del agua o del cielo encorvando los árboles y las espaldas, apartando a la gente y apartándolo todo a nuestro paso. La lluvia, lagos y cascadas, un océano, el mar, lluvia larga y perenne. La otra vez, el otro viaje sin esperanza. Inocente indefenso dormido sereno, tú. Las ideas, tus recuerdos cubiertos de madera y barniz y un crucifijo. El ataúd cerrado. La lluvia, la noche. Mi madre y mi hermana lloraban, decían palabras y dolor, lloraban, decían palabras más palabras. Y el trabajo de tus manos bastas ásperas, suaves tiernas para mí, reposaba, reposaban la una sobre la otra. El hombre de la funeraria conducía sin vernos y hablaba como si pudiésemos oírlo. Y tu cuerpo, lavado con un paño húmedo y vestido sin voluntad, tan derecho. Solo lluvia y noche, padre. Detrás de nosotros, el pasado crecía kilómetro a kilómetro. Y tú, ya sin pasado, perdido en él y desde él siendo dolor y palabras, lluvia y noche. Tú imposiblemente muerto. Padre. Solo lluvia. Solo noche.

Y le falta justicia a la insistencia de esta mañana, le falta justicia a lo artificial de esta primavera, a esta luz delicada. El aire finge ser respirable, el estero finge ser infinito en la asfixia de este lugar pequeño y enclaustrado. Y este lugar que era mundo, ahora vacío hueco, quiere ser mundo todavía. Y, realmente, todo se mantiene suspendido. Todo quiere e intenta ser igual. Todos parecen creerlo. Sin ti, las personas aún van adonde iban, aún siguen las mismas líneas invisibles. Pero yo lo sé, padre. Contigo se han perdido las leyes. Se ha perdido el orden que traías. Padre. El cielo arrastra nubes transparentes en un éxodo lento. La carretera corta este mundo, lo divide, directa al horizonte que no hay, directa al cielo. A nuestro lado pasan olivos corriendo, huyendo, deslizándose, pasan troncos derechos verticales, pasan a cada momento, se alternan, se sobreponen copas enmarañadas de olivos. Crece la mañana, crece el cansancio. Y la luz insiste. Y la primavera. Y el motor insiste con una entonación constante de insecto, una constante voz subterránea que poco a poco se me mete entre las costillas y, en la prisión de mi pecho, se vuelve grito. Sujeto el volante. Crece la mañana, crece el cansancio.

Voy. Avanzo, avanzo y regreso. Y cada kilómetro, un mes; y cada metro, un día. Avanzo hacia aquello que fuimos. He encontrado en las piedras de este camino, en la luminosidad de este viaje, un espacio por donde entrar y acelerar, donde cada kilómetro adelante es un mes hacia atrás. Y avanzo por este camino que hicimos mil veces juntos y avanzan las estaciones del año: primavera invierno otoño verano primavera invierno… Y avanzan los kilómetros en este sitio en donde entro como si cayese. Vertiginosamente. Me tiro a este pozo, al fondo que no se ve de este pozo. Y hay tanta luz. Están los instantes que vivimos mil veces juntos y que ahora nacen sin nosotros y nos sobrepasan. Está el sol que compartimos mil veces y que ahora no te calienta, que ahora no me calienta. Padre. Paso ante todo y todo me deja y pasa ante mí. Me caigo. Avanzo. Regreso.

En la cuneta de la carretera, entre extensiones amarillentas de matorrales y cardos secos, entre mieses gigantes de trigo, brotan unas pocas hierbas valientes, brotan amapolas que desde el fuego sangre de sus llamas avivan lo pajizo, lo áureo. Arden mareas doradas. Bandadas amarillas que suben al cielo y al sol, que lo traspasan y manan de él. Y en la mañana, casi tarde, de esta primavera tórrida, tanto brillo deslumbra. Ciego, miro al lado y me veo pequeño, hace muchos años, sentado bajo la cinta importante del cinturón de seguridad, me veo sin paciencia preguntando cuánto falta. Vuelvo a la carretera con la mirada. Respiro. Encuentro en mí la serenidad para decir falta poco, falta poco. Me fijo en la raya continua o discontinua, blanca, y me veo pequeño, con unos diez u once años, me veo hecho mancha y bulto en el rabillo del ojo. ¿Cuánto falta?

En la tierra, el polvo eleva la edad y la combustión de esta hora. Falta poco, falta poco. Atravesamos un pueblo blanco tan desierto como esta carretera vacía, esta carretera sin nadie. Atravesamos un pueblo, ya cerca del nuestro, este pueblo de casas blancas, este pueblo que conocías y donde te conocían. Atravesamos este pueblo desierto donde todos te han olvidado. De mis labios, tus palabras, tus labios, tu cuento pequeño e igual que contabas y te sabías de memoria, y nos sabíamos de memoria. El cuento. Y te preguntaba si era de verdad, si había sucedido realmente; tú, sencillo, ocultando detalles en la mirada abstracta y en la suavidad viva de la cara y la cabeza, como si respondieses, decías es un cuento. Y sellabas la conversación y no hablábamos más de ello. Me miro, me veo en el asiento, atento a lo que pensaba, pequeño y grandecito para los pocos años, alimentado, creciendo, sin que me faltara de nada. Y siento una alegría, la satisfacción de haber conseguido dar lo que no pude tener; contento, la enorme satisfacción de haberlo conseguido. Sí, padre, lo conseguiste. Lo conseguiste todo. Me has dado todo lo que tengo. Me construiste y construiste esperanza en todo lo que tocaste. Y me miro por última vez, me veo. La carne, el afecto de niño. Y sigo a la fiebre, al ardor de lo que se acerca y se aleja. ¿Cuánto falta?, oigo todavía. Me vuelvo de repente y solo el sitio libre, el silencio más intenso, el lugar de las palabras vacío en cada línea de claridad, en toda esta luz. Me lo invento, y digo falta poco, falta poco.

No me mentías, padre. Estamos ya cerca de nuestra tierra. Estamos llegando. Las curvas, los árboles, los campos se han vuelto conocidos a mis ojos.

Si estuvieses aquí, ya estaría preparándome y colocándome para salir de la camioneta. Ya estaría planeando y pensando con antelación, como pensabas tú. Padre. Te lo contaba todo con la seguridad de que no te perdería y te he perdido. He perdido a mi amigo. Te echo tanto de menos. Padre amigo. Estamos llegando. Y el sol se extiende en todo, como se desbordó el invierno, fúnebre, la noche en que te perdí, la noche en que vi surgir, como lo veo ahora, el perfil de nuestra tierra, de esta tierra ahora cruel.

He pasado la noche solo. Sentado al fuego que no arde, como si me visitases. Como si, con las tenazas, colocases una fila de castañas al calor de las brasas y después las sacases una a una y me las dieses calientes sin cáscara, sin que te las tuviese que pedir. Como si ardiese, en la chimenea, sentado, como estuviste, en pijama, cogiendo a tu nieta y jugando los dos. Padre que te esforzabas por salir de la cama, que soportabas dolores para estar unos minutos con nosotros, y cuando caía esa noche cogiste a tu nieta. Y estábamos hablábamos casi sin acordarnos de tu enfermedad cuando, con poca agilidad, te levantaste y, dándole la niña a mi hermana, dijiste la muy traviesa se ha hecho pipí encima de mí. Padre, inocente. Tendiéndole la niña a mi hermana y nosotros viendo cómo la sangre se derramaba por los pantalones y la chaqueta del pijama. Padre que nunca te vi tan vulnerable, mirada de niño asustado perdido pidiendo ayuda. Padre, mi hijo pequeño. Nosotros rodeándote, y tus gemidos lejanos en la verdad insoportable que te enterró allí, rodeándote, y nuestras lágrimas inútiles en el pánico, nosotros rodeándote y quitándote la chaqueta empapada de sangre, y mi madre envolviéndote el vientre con una toalla blanca y después roja. Y pasó mucho tiempo en nuestros rostros. Inmóviles, mientras esperábamos que la sangre parase, sucedió como si nos hubiésemos abrazado. Fuimos juntos. Y mi madre, siempre cuidándote, con la punta húmeda de un paño, te lavó el vientre y la cicatriz. ¿Dónde has estado esta noche, padre? Te he buscado más allá de la memoria, en los rincones que solo nosotros conocemos, y no te he visto. Solo he visto, en la negrura de los rincones antes iluminados, la negrura de tu ausencia, el dolor sin fin que solo se puede sentir. Te he buscado en los rincones de la noche.

He entrado en tu habitación, en la habitación de mi madre. Y la cama hecha. La colcha de la cama donde me subía los domingos por la mañana y os zarandeaba y gritaba y empezaba el día. El espacio vacío de la cuna que no he querido abandonar. La cama en que dormiste tantas horas en la inconsciencia de las medicinas, de la morfina que te daban para vivir o para dormir. Y si despertabas, con un grito amordazado decías ¿no lo oyes? Preguntabas a nadie ¿no lo oyes? y nosotros corríamos con pasos ligeros hasta la luz encendida de la lamparilla de noche, hasta tu rostro delgado tatuado de sufrimiento, y pedías la pastilla y decías dame la pastilla deprisa que no aguanto el dolor. Te mirábamos sin ser capaces de hablar. Faltaba mucho para la hora de la medicina, padre. Nos faltaba lo que aprendimos de ti, la fuerza. Y la habitación se quedaba con la enfermedad y no la encerraba, la esparcía por toda la casa y por todo lo que se podía tocar. Desde la habitación, el olor oscuro podrido de la enfermedad. El olor que aún hoy he sentido en la habitación abandonada sola. He abierto los cajones de la cómoda, te he buscado, he abierto las puertas del armario. He tocado las ropas que no te vas a poner más y que te ponías, que recuerdo en tu pecho de carne, en tus brazos fuertes, en las piernas blancas delgadas que enseñabas en la playa y con las que bromeábamos por ser tan delgadas y blancas, por ser piernas de hombre que nunca había tomado el sol. He visto las corbatas de colores que te ponías antes de que yo naciera o que te pusiste cuando fuiste a verme a la maternidad, contento, tan contento como me cuenta la gente, hablándome con tu voz tierna de hablar a los niños, haciéndome suavemente caricias con tus manos gastadas por lo incansable de construir trabajar para nosotros. Y me he puesto tu ropa. La tengo puesta. Ni ancha ni corta, me he puesto tu ropa y me he mirado en el espejo sobre la cómoda. Te he encontrado en el reflejo, te he visto pasarte la mano rápidamente por el pelo y alisarte la ropa sobre el cuerpo y colocarte el cuello de la camisa. Padre, me has mirado fijamente en tus contornos de chico. Y has salido hacia donde ibas, que siempre tenías destino. Me he visto igual a ti, en tus facciones firmes. Me resulta difícil describir tu rostro. Tu pelo rizado o débil corto poco en el hospital; tus cejas, tus dedos peinándotelas; el tiempo delicado de tus labios sonriendo o riéndose incluso o sufriendo; tus labios tapados con un algodón para que no saliese el olor de tu interior, padre; la piel de tu cara, la barba que picaba al besarte, el beso que me diste la madrugada en que fuiste a la primera operación y me abrazaste como si te despidieses y lloraste y lloramos y dijiste mi hijo querido y todavía recuerdo tu perfume en la luz amarilla de la cocina y todavía recuerdo tus brazos tirando de mí y tú yéndote y yo quedándome solo; la piel de tu cara, el beso que di sobre tu rostro muerto, en tu piel más lisa que cualquier piel, más helada, la piel y el beso que no olvido; tus ojos, atentos pensativos en el sol sol de los domingos, en las grandes comidas de los domingos, o tu mirada triste sobre las obras que mandaste hacer e hiciste para nosotros y que no pudiste ver terminadas. Padre. Te he seguido buscando. He abierto el cajón de la mesilla de tu lado de la cama. El cajón lleno de papeles de tus cuentas, lleno de lo que viviste y resiste ahora sin vida. Suspendida en el aire, mi mano ha ido a tu cajón. Y, donde lo dejaste, cansado, tu reloj de pulsera, aún esperándote, aún pasando los segundos: uno otro otro otro: segundos que todavía se sobreponen, incluso después de ti, todavía segundos y tiempo, como si nada hubiese alterado su trabajo sutil de tejer un hilo fino interminable, como si fuese interminable el tiempo, el hilo sutil, como si no pudiese ser cortado en cualquier momento, en cualquier segundo, como si no hubiese sido cortado, abruptamente cortado, para no volver a unirse nunca más, para no volver a unirnos nunca más.

He abierto la correa de tu reloj y la he cerrado en mi muñeca. Aún las señales de sudor, aún tú. Suspendida en el aire, mi mano ha ido a tu cajón. Y, entre facturas, entre sumas y multiplicaciones calculadas con tus números, he descubierto un pequeño cuadrado de cartulina con un corazón redondo de papel brillante. Lo he abierto y, con mi letra infantil, sobre líneas hechas con una regla, he leído: Quiero a mi padre, / Quiero a mi papito, / No tengo más que darte, / Te doy mi cariño. Y he llorado.

He pasado la noche solo. Contigo. Cerca del silencio absoluto. En el negro que no existía cuando las noches esperaban mañanas con el sol, la vida que venía de tu sonrisa y se detenía y corría en nuestros rostros. Ahora, negro negro, contrario a las mañanas de junio, a la primavera que destilabas en la brisa sin fin de tu mirada y nos devolvías enseñabas, para que ahora nos falte, como vida, como sol, en el tiempo que no nos quiere y nos devasta; para que ahora solo recordemos la tempestad de tu mirada bajo coronas de flores, el invierno profundo de tu mirada, el viento, el diluvio en el pecho y el negro de nuestro llanto allí, sobre ti, como si hubiese lágrimas que pudiesen contener el vacío que dejaron los gestos que no haces, las palabras que no dices, la mirada firme que tenías y ya no puedes tener. Padre, la casa es esta noche negra, fría, sin la gran seguridad que era tuya y que nos dabas. Ahora, el miedo. Has entrado en la muerte y ya no puedes volver para protegerme. He pasado la noche solo, sentado al fuego, esperándote. Y ya no puedes volver conmigo, que te espero, que te quiero.

El día empieza a nacer en las cosas y las cosas a nacer un poco también.

Abro las ventanas. En las macetas, las flores se levantan para sentir mejor la luz delicada que las cubre. Sobre la tierra, al ras, avanza la claridad, como una plaga que se extiende y galopa, que avanza como una ola que no vuelve atrás. Poco a poco, empiezan a surgir gestos de las ramas suspendidas de los árboles. Detrás del muro encalado blanco de nuestro patio, se alzan los olivos en la lejanía. Empiezan los gorriones en el cielo. Es luz el tiempo, padre. Y llegas en el sol, expulsas la noche, traes la mañana, como cuando era sábado e ibas a llamarme y, de camino a la huerta, despertaba poco a poco. Y cogíamos y comíamos naranjas o melocotones, según fuese una época u otra. Si llovía, nos poníamos las botas de goma y te seguía por las veredas, por la tierra, entre las hierbas mojadas con gotas o lágrimas de lluvia. Si el sol estaba en el cielo, te seguía hasta lo alto de la huerta y, desde el pilón, hacíamos bajar el agua por los surcos, el agua en la tierra, fresca y limpia, y la hacíamos ramificarse en su corriente por todos los cuadrados sedientos, por todas las plantas que habías sembrado. Y entraba lentamente por los poros de la tierra, saciando el incendio interior que la consumía. La tierra ardiendo que sentíamos en los pies. Terrones de tierra: brasas. Agua bajando por los surcos, como la sangre más pura. Y tirábamos metros de mangueras que desenrollábamos en los brazos hasta las pozas de los árboles que habías plantado; serenamente, se formaba un pequeño charco redondo junto a cada tronco. Este invierno en que te has quedado, nadie ha comido las naranjas de nuestra huerta. Las botas de goma siguen donde las dejamos, entre azadas y semillas, como si en cualquier momento pudieses abrir la puerta y ponértelas de nuevo. Sé que no puedes. Me siento como si fuese el único en saber y no poder contar este terrible secreto. Siento mi dolor insular en la mañana que se extiende por todo el cielo, sobre todo el mundo. La mañana que deseaste y que ha llegado sin ti. La mañana en que fuimos a buscarte al hospital para que por fin lo dejases, como tantas veces deseaste. Padre, veo el canto nómada de los gorriones y lo sé, veo el día niño y lo sé, veo la pureza del rocío en el verde de la tierra y lo sé. Lo sé y todavía espero.

Estaba la mañana y he dejado nuestra casa. He cerrado ventanas y puertas, la oscuridad; he cerrado las sombras. He buscado en el bolsillo, ancho como los tuyos, y con las llaves que eran tuyas y son tuyas y nos dejaste, he cerrado la puerta del patio con dos vueltas. He cerrado el suelo lleno de hojas que han caído por ti; los melocotoneros, obligados por la primavera, también llenos de hojas; he cerrado las ramas brazos de las plantas, calladas y pegadas a las paredes; el gallinero, las conejeras, el palomar, ya sin crías, vacíos; he tapado la pila de la ropa y el cercado de los olivos y el limonero que ya no da limonadas para merendar. He cerrado la puerta del patio y, en la camioneta, he salido. Nadie en las calles se ha percatado de mi paso, solo la cal y el sol y las casas han permanecido en el lugar donde las hemos conocido tantos días. Y he ido deprisa, huyendo de las calles y las casas; deprisa, al contrario que la otra mañana sin dormir en que nos hicieron ir despacio, contigo por última vez, despacio sufriendo el camino lento y gente gente gente detrás de nosotros. Padre, las calles que hacía para llegar al colegio, con la cartera a la espalda, la cartera amarilla que me diste. Las calles que recorría en bicicleta, y te llegaban noticias de que iba demasiado deprisa, la bicicleta azul que un día, en mi cumpleaños, trajiste en la camioneta. La bicicleta y un balón. No me olvido, padre. He pasado deprisa por las calles que sé y sabré siempre de memoria. Grabadas aquí, dentro del recuerdo sincero. Y he pasado por el colegio y, a la entrada, en la salida del pueblo, he parado. Delante del portón de hierro que se cierra todos los días separándonos, delante de los muros blanqueados gruesos altos, he oído las campanas, leves, con la brisa, en el silencio. El cementerio blanco, con límites solo negros, solo blanco. He sujetado el portón, frío como todas las cosas que existen y nos separan, de un hierro mucho más fuerte que nuestra carne esforzada, nuestra carne sin fuerzas para vencer y que lucha siempre. He entrado.

He entrado y, lejos de la mañana, el sol se ha empañado en una luz fresca oscurecida, como una puesta de sol. He atravesado el pasillo de sepulturas, con musgo pegado al mármol. En mi interior, tú lo sabes, el dolor constante el dolor constante. Tú lo sabes. La capilla delante de mí se acercaba en el vagar lento de mis pasos de procesión. Los cipreses pronunciaban lamentos acumulados. Y caminaba como si el cuerpo renunciase a acompañarme. Sin cuerpo. Inmaterial y con el peso incómodo de mí mismo, sobre el suelo, he llegado a la capilla y he dado la vuelta alrededor de ella y he empezado a verte, padre. A lo lejos, el dibujo de tu cama de piedra, última, tu sencillo altar. Y he ido por un camino de tumbas, siempre mirándote. Andando sin ver, siguiendo una línea, viéndote. Brillas entre los que duermen. Padre. Yo más cerca de ti, a cada pájaro negro que planeaba sobre nosotros; más cerca de ti, a cada nube que se funde con el cielo cansado. A cada silencio en el viento. He llegado donde sé que estás, donde te quedas, te quedaste; donde estás, bajo una campana de tiempo cristalizado, tiempo que no pasa, mármol. Tiene tu nombre, padre. Tu nombre importante, padre. Escrito para siempre, como las nubes, como las cosas que no mueren. Y tu rostro esmaltado me ha mirado. Hacía mucho tiempo que no me veías. Nos hemos mirado mucho y sé que has tenido ganas de hablarme, de preguntarme. Te he contado las novedades de la niña de mi hermana, que aún pregunta por ti, que ya dice bien abuelo. Y he visto una sonrisa en el paréntesis de tu mirada. Padre, bajo tu nombre el día en que naciste, el día en que moriste. ¿Te acuerdas de cuando te traje? El silencio, el luto, y yo quise llevarte. El coche se paró. Paró la lluvia en el cielo. Y yo quise llevarte. Has hecho tanto por mí, me hiciste, y yo solo pude llevarte. Cogí un asa, y tu peso me dijo cosas de padre, y atravesé mucho tiempo, y te dejé sobre dos maderos, sobre el hoyo, para que te bajasen con cuerdas. Y la tierra sobre ti, la tierra cayendo sobre ti, la tierra. Sobre ti, el peso de tu lápida sin cruz, de la tierra, de todas las mañanas. Crecen hierbecillas a tu alrededor, padre. Los cipreses se alzan negros por ti. Y antes de salir, sabes bien el horario de visita, padre, sabes bien que si me quedo más llega la enfermera y me echa y se enfada con nosotros; antes de salir dije lo voy a conseguir, padre, tengo que construir como has construido; estos brazos son los tuyos, padre, estos brazos son los tuyos, padre. Nos miramos otra vez. Sí, vuelvo, padre, vuelvo. Y, mientras me alejaba, me mirabas. Y el dolor constante el dolor constante. Hemos llorado juntos. Tú lo sabes.

La camioneta me acompaña. Me lleva ahora. Padre. Está la primavera. Por toda la mañana que aún existe, como una mirada que sostienes, larga como el espacio de la tierra al cielo, fresca luminosa como fue, suavemente luminosa como suave mansa es esta primavera por toda la mañana. Ah, padre, si pudiera yo caer y descansar tanto tiempo como tú. Ciego, en la tierra, el pecho húmedo del sueño, en la noche. Tantas décadas y siglos, estatua serena sumergida en una fuente limpia de agua para beber. Ángel impermeable al cansancio, entre flores, entre flores, campos y llanuras. Ah, padre, si pudiera yo caer y ser tu retrato esmaltado, los tonos encarnados la sangre de tu retrato esmaltado sujeto al mármol. Padre. Aquí, solo el tiempo insomne. Y la luz que castiga ahora la tierra seca. Y lo que pasa sin sabor por haber pasado ya tantas veces. Esta carretera que me acompaña, que me lleva. Esta carretera que me ha traído y ahora me hace dejarte. Esta luz que me agarra con brazos de luz y no me deja y no me deja y me obliga por sus caminos.

Y sigo, padre. Voy como si no tuviera cariño. Sabes que lo tengo. De ti he heredado la voluntad. Y desde aquí, desde la indiferencia de todo, recuerdo nuestra casa cerrada. Sí, vuelvo, padre, vuelvo. Tengo que volver y limpiar el patio y limpiar la huerta. Desde aquí, recuerdo tu rostro en el país que habitas, en el país blanco negro enorme, y tu rostro siguiéndome, perdido perdido necesitándome perdido en un archipiélago de tumbas y pena y todavía mañana. Padre. Tu voz me acompaña dentro de mí. Oírte, padre. Como cuando me llamabas y cogías mi mano y la colocabas sobre tu vientre lleno de tumores. Las bolas. Tu vientre deformado. Los bultos. Y con tus palabras sencillas, las bolas, los bultos, me decías que estabas peor, que no mejorabas. Y yo siempre te mentía, siempre te mentía. Nuestras miradas tan tristes. Padre. Como en el hospital, pidiéndonos galletas americanas. Quizá pueda masticarlas, que esta comida se me hace una pelota en la boca y no me sienta bien. Y nosotros buscándolas por todas partes y la gente riéndose, padre. Galletas americanas como las que comías en la feria de Estremoz, cuando ibas con tu madre y tus hermanos. Padre. Tu voz, tus gemidos débiles en la respiración, y mi madre y yo mirándote, nosotros que te conocemos, yendo a la habitación a buscarte, nosotros que te conocemos, yendo a llevarte al cuarto de baño. Padre, ya ni eso podías y, nosotros que te conocemos, te agarramos por los brazos, te levantamos. Los gemidos débiles en tu voz, las piernas sin fuerza en tus piernas. Padre, todo esto tu voz, mi voz me lo recuerda. Todo esto se clava en la mañana perpetua fúnebre que me sujeta y me impide siempre olvidar.

Y no quiero ni puedo olvidar lo que tu mirada me hizo sentir en otro tiempo. Padre, me he quedado en el silencio del invierno que abrazaste. No hay primavera si no imagino hierba fresca de las palabras hierba fresca pronunciadas por ti; no habrá verano si no imagino el sol de la palabra sol pronunciada por ti; no habrá otoño si no imagino el fondo del olvido de la palabra muerte puesta en tus labios. Por eso, padre, en el aire, el silencio de ti es sufrir, en el tiempo que pasa, en el aire, en el tiempo que ya no pasa. No pasa el tiempo, sostenido en la mentira de las cosas pequeñas falsas que ya solo cambian de lugar, que solo se suceden, que únicamente toman el lugar las unas de las otras, mintiendo, dejando rastro, restallando en su camino con patitas de ratón entre los arbustos secos muertos y los arbustos verdes exuberantes: y el sol nace del último ocaso que ha muerto contigo; y brisas fingen las brisas verdaderas que tocaron tu rostro; ni las nubes ni el firmamento son los mismos: solo mentiras sustituyendo a mentiras a cada momento que no pasa. Faltas tú llevando el tiempo. Falta tu mirada guiándonos si la lluvia nos empuja. Padre, tener tu memoria dentro de la mía es como cargar con una venganza, es como cargar un saco a la espalda con una venganza guardada para este mundo que nos castiga, cruel, este mundo que pisa a aquel otro que pudimos vivir juntos, del que siempre estaremos orgullosos, que amamos y nunca olvidaremos.

Descansa, padre, duerme mi niño, que llevo tu nombre y tus creencias y tus sueños donde van los míos. Descansa, no voy a dejar que te pase nada malo. No te preocupes, padre. Soy fuerte en esta tierra en mis pies. Puedo hacerlo y voy a trabajar y voy a traer otra vez aquí el mundo que fue nuestro. Voy a hacerlo, padre. El mundo solar. Lo reconoceré, porque no lo he olvidado. Y también el tiempo será de nuevo, y también la vida. Sin ti y siempre contigo. Tu voz que dice céntrate, chico. No te agobies, padre. Me centro. Padre, no te preocupes por mí. Yo me centro. Y voy. Anochece en la carretera en lo que queda de mañana. Llueve sol luz donde está lo que ven mis ojos. La camioneta grande que prometiste, que planeaste para nosotros, que ganaste trabajando meses, me lleva. ¿Dónde estás, padre, que me has dejado solo gritando dónde estás? En la angustia, necesito oírte, necesito que me tiendas la mano. Y nunca más nunca más. Padre. Duerme, mi niño, que has sido tanto. Y se me clava en el pecho no poderte oír ver tocar nunca más. Padre, donde estés, duerme ahora.

Niño. Eras un poco mucho de mí. Descansa, padre. Ha quedado tu sonrisa en lo que no olvido, te has quedado entero en mí. Padre. Nunca te olvidaré.